Analyse de l'œuvre

Par Antoine Thibaut

L'anomalie

Hervé Le Tellier

lePetitLittéraire.fr

Analyse de l'œuvre

Par Antoine Thibaut

L'anomalie

Hervé Le Tellier

lePetitLittéraire.fr

Rendez-vous sur lepetitlitteraire.fr et découvrez :

Plus de 1200 analyses
Claires et synthétiques
Téléchargeables en 30 secondes
À imprimer chez soi

L'ANOMALIE — 5

« Romans » — 5

HERVÉ LE TELLIER — 7

Écrivain français — 7

RÉSUMÉ — 9

Une galerie de personnages — 9
Le hangar — 10
La rencontre des doubles — 12

ÉTUDE DES PERSONNAGES — 16

Blake — 16
Victør Miesel — 17
Lucie Bogaert — 17
André Vannier — 18
David Markle — 19
Sophia Kleffman — 19
Joanna Wasserman — 19
Slimboy — 20
Adrian Miller — 21
Meredith Harper — 22

CLÉS DE LECTURE — 23

Un roman ludique — 23
Une esthétique de série — 29
L'anomalie et la philosophie — 31

PISTES DE RÉFLEXION — 35

Quelques questions pour approfondir sa réflexion… — 35

POUR ALLER PLUS LOIN — 37

Édition de référence — 37
Études de référence — 37

L'ANOMALIE

« ROMANS »

- **Genre :** roman
- **Édition de référence :** *L'anomalie*, Paris, Gallimard, 2020, 336 p.

Les extraits cités dans cette fiche sont tirés de la version numérique de l'ouvrage, qui ne reprend pas la pagination papier. Nous indiquons donc l'emplacement dans la version numérique (« empl. X ») ainsi que le chapitre et la partie où se trouve l'extrait.

- **1re édition :** 2020.
- **Thématiques :** réalité, illusion, incompréhension, turbulences aériennes, clone, pastiche.

Roman-monde, *L'anomalie*, prix Goncourt 2020, connait un immense succès éditorial. Près d'un million d'exemplaires ont été tirés (alors qu'en moyenne, un prix Goncourt se vend à 367 000 exemplaires). Roman ludique à la structure complexe, qui mêle la science-fiction au polar, la comédie sentimentale au roman philosophique, le lauréat de l'année 2020 rompt avec la littérature à visée sociologique, historique ou autofictionnelle souvent récompensée depuis quelques années. Le contexte de la publication de ce livre n'est peut-être pas étranger à son succès : la pandémie de Covid et les confinements de l'année 2020 ont réveillé chez les lecteurs un désir d'une littérature plus facétieuse, plus joueuse.

L'histoire, ou plutôt les histoires sont celles d'une douzaine de personnages aux origines et personnalités très diverses (un tueur à gages, un rapeur nigérien qui cache son homosexualité, une monteuse de cinéma, un écrivain qui n'a jamais rencontré le succès, etc.), et qui ont en commun le fait d'avoir emprunté le vol Air France 006, de Paris à New York, le 10 mars 2021. Cette traversée atlantique aura de lourdes conséquences sur l'histoire de la vie de chacun des personnages.

HERVÉ LE TELLIER

ÉCRIVAIN FRANÇAIS

- **Né en 1957 à Paris.**
- **Quelques-unes de ses œuvres :**
  - *Sonates de bar* (1991), recueil de nouvelles
  - *Contes liquides* (2012), recueil de contes
    (sous le pseudonyme de Jaime Montestrela)
  - *Moi et François Mitterrand* (2016), roman

Mathématicien de formation, puis journaliste, Hervé Le Tellier est également docteur en linguistique. Il est l'auteur d'une œuvre hétéroclite (contes, nouvelles, théâtre, romans, essais, etc.) dans laquelle l'humour et le jeu tiennent une part importante.

Depuis 1992, il est membre de l'OuLiPo (Ouvroir de Littérature Potentielle), groupe qui a considérablement influencé son écriture. Il en est le président depuis 2019. Il s'est spécialisé dans l'écriture à contraintes, et a écrit un essai : *L'esthétique de l'OuLiPo*.

Il a collaboré à de nombreux journaux (*Le Monde*, *Le Canard Enchaîné*), en écrivant notamment dans *Le Monde* des billets d'humeur. Il a participé très régulièrement à l'émission radio de jeux littéraires *Des Papous dans la tête* sur France Culture.

En tant qu'écrivain, il a reçu plusieurs prix : le prix du roman d'amour en 2007, le prix de l'humour noir en 2013, le prix Botul en 2016. Le prix Goncourt lui est attribué en 2020 pour son roman *L'anomalie*, et le fait connaitre du grand public.

RÉSUMÉ

Avant de procéder au résumé, il est utile de donner quelques précisions sur la construction de l'œuvre. Le livre est composé de trois parties (chacune divisée en treize, neuf et treize chapitres respectivement). Bien que complexe, car il lie les trajectoires de nombreux personnages, le schéma narratif du roman est relativement simple (rappelons qu'un schéma narratif est la trame d'un récit). En effet, les différentes intrigues sont reliées et déterminées par un seul évènement : tous les personnages (ou presque) ont emprunté le vol Air France 006 du 10 mars 2021.

UNE GALERIE DE PERSONNAGES

Dans la première partie du livre, chaque chapitre est dédié à la présentation d'un personnage (nous approfondirons leurs histoires respectives dans la partie « Étude des personnages »). Tous ont en commun d'être interpelés, en fin de chapitre, par le FBI.

On rencontre Blake, un tueur à gages qui revient de Floride où il a assassiné un homme ; Lucie Bogaert, monteuse au cinéma et mère célibataire qui entretient une relation peu satisfaisante avec André Vannier, un architecte sexagénaire ; David Markle, le commandant de bord du vol, à qui l'on a récemment diagnostiqué un cancer du pancréas ; Sophia Kleffman, une jeune fille de 7 ans ; Joanna Woods, brillante avocate new-yorkaise qui doit payer une greffe de foie à sa sœur ; Slimboy, un rapeur nigérien et homosexuel ; Adrian et Meredith, deux grands mathématiciens qui n'étaient pas à bord du vol Air France 006, mais qui seront convoqués dans une cellule de crise.

Le 10 mars 2021, le vol Air France 006, qui relie Paris à New York, traverse une zone de très grandes turbulences. Le commandant, David Markle, qui pilote son avant-dernier vol avant la retraite, n'a jamais vécu une telle situation. À l'issue de la turbulence, l'avion, endommagé, parvient à se poser à l'aéroport JFK de New York. L'avion ayant atterri, les passagers vont alors reprendre leur vie, sans se douter que cette tempête a eu un effet totalement inédit : l'avion s'est dédoublé – ainsi que tous les passagers et le personnel de bord. Le double du Boeing sort de la turbulence le 24 juin 2021, soit cent-six jours après l'atterrissage du premier. Ce double, repéré par les radars comme une anomalie, est alors redirigé par des avions de l'armée vers la base militaire de McGuire Air Force, New Jersey. Les passagers et le personnel de bord y sont enfermés pendant plusieurs jours dans un hangar. Confinés, les personnages attendent, ignorant les raisons de cette détention.

LE HANGAR

Le phénomène de la duplication de l'avion est incompréhensible. Dans un premier temps, les passagers ne sont pas informés qu'ils sont en réalité les doubles d'eux-mêmes.

Une poignée de hauts gradés et de fonctionnaires de haut rang sont convoqués. On mobilise la NSA, la CIA, des généraux de l'armée, les Affaires étrangères, la Défense, et d'autres agences pour une cellule de crise inédite. Toutes ces personnalités haut gradées vont être impliquées dans la gestion du protocole 42, élaboré par Adrian Miller et Meredith Harper après les attentats du 11 septembre 2001. Le protocole 42, jamais encore activé, est réservé aux situations d'urgence aériennes qui n'ont aucune explication rationnelle. Pour élaborer un mode d'action et tenter de comprendre le phénomène, une équipe de grands scientifiques et de philosophes est constituée (dont des Prix Nobel, des Prix Abel, des médailles Fields, etc.). Tous sont acheminés vers la base militaire de McGuire, où ils se réunissent dans le souterrain du hangar. Meredith, une topologiste, y retrouve Adrian Miller, son collègue perdu de vue après leurs études.

Un conseil de leadeurs spirituels des principaux cultes est également créé, à l'issue duquel aucun consensus n'est trouvé. De leur côté, les passagers du vol du 24 juin, toujours enfermés dans le hangar, sont interrogés par les psychologues de PsyOp.

Les chercheurs et scientifiques, déroutés, émettent quelques hypothèses pour rendre compte du phénomène. C'est celle de la grande simulation qui est retenue (nous développerons cette hypothèse dans la partie « Clés de lecture »).

De leur côté, les personnages vivent chacun à leur manière cette détention dans le hangar de l'armée. Blake a réussi à s'enfuir à bord d'une Jeep en trompant la vigilance de la sécurité. Les autres personnages nous sont présentés du point de vue de Victør, l'écrivain, qui note « toutes ces existences éparpillées, toutes ces anxiétés mouvantes dans la boite de Petri démesurée qu'est le hangar » (empl. 2220, chapitre « Table 14 », partie II). Markle, le commandant de bord, est traité comme les autres passagers ; Joanna, l'avocate, rassemble les signatures des passagers pour ouvrir une *action class* pour arrestation arbitraire et détention discrétionnaire ; Sophia, la jeune fille de 7 ans, dessine des figures sombres et étranges ; Lucie semble distante dans sa relation à André ; Slimboy, le rapeur, commence à improviser quelques chansons. Quelques personnages se mettent à danser, sous l'œil incrédule des militaires.

Pendant ce temps, Adrian et Meredith, dans le souterrain du hangar, se rapprochent. Adrian réalise qu'il aime sa collègue. Mais à ce moment-là, il est interrompu pour se rendre à la Maison-Blanche. Une communication vidéo est établie entre le président des États-Unis, Donald Trump, et le président chinois, Xi Jinping. La Chine a été confrontée à un phénomène identique : un avion chinois s'est dédoublé quelques mois auparavant, mais l'affaire a été étouffée.

L'immobilisation du Boeing et des passagers du vol Air France 006 du 24 juin, quant à elle, commence à être divulguée dans la presse. Mais le public en ignore encore les raisons. L'armée et le FBI ordonnent l'opération Hermès : toutes les traces du vol du 10 mars 2021 seront effacées.

LA RENCONTRE DES DOUBLES

Remarque préliminaire : les passagers du vol du 10 mars 2021 sont appelés par leur prénom suivi de March (exemple : Lucie March) ; ceux du mois de juin, par leur prénom suivi de June (exemple : Lucie June). Leurs vies sont identiques, de leur naissance jusqu'en mars 2021. La divergence commence après le vol de mars : les June n'ont donc pas connu ce qu'ont vécu les March entre mars et juin 2021.

Après convocation des March par le FBI, chacun des personnages va rencontrer son double, en tous points identique à « l'original », à cette différence près : les cent-six jours qui séparent l'atterrissage des deux vols 006. Pendant ces cent-six jours, il s'est passé, pour certains, des évènements importants : Victør Miesel s'est suicidé après avoir écrit *L'anomalie*, André et Lucie se sont séparés, Joanna est tombée enceinte, David Markle s'est fait diagnostiquer un cancer foudroyant, Slimboy est devenu une star internationale.

André June, l'architecte, apprend que Lucie, sa maitresse, l'a quitté pendant les trois mois qui séparent mars de juin. L'État français propose une nouvelle identité à l'un des doubles. C'est André March qui décide de changer d'identité. André June, conseillé par son double, réussira à éviter la séparation avec Lucie June et continuera à travailler dans le cabinet d'architecte. André March, quant à lui, s'installera dans la Drôme avec sa nouvelle compagne.

Sophia, sous le regard des psychologues, révèle que son père abuse d'elle sexuellement. Le père sera condamné. Sophia June déménagera avec sa mère et son frère. Les June s'engagent à ne jamais tenter de contacter leurs doubles.

Slimboy June, le rapeur nigérien, s'envole pour l'Angleterre afin de rencontrer son double, qui devait chanter en duo avec Elton John. Les deux Slimboy décident de s'inventer une gémellité pour créer un duo, les Slimmen.

David June, le commandant de bord, rencontre son double à l'hôpital, en phase terminale d'un cancer du pancréas. Aucun des deux David n'échappera à la mort.

Joanna, l'avocate, est tombée enceinte entre mars et juin. Joanna June s'éloignera de son double et de son compagnon pour adopter une nouvelle identité et intégrer la direction du service juridique du FBI.

La rencontre de Lucie March et de Lucie June est une confrontation débordante d'agressivité. Les deux doubles se haïssent aussitôt, tant pour leur aspect physique qu'en raison du fait que les deux connaissent tout l'une sur l'autre. Mais la raison principale de cette haine est que Louis, le fils de Lucie, n'a pas été dédoublé (car il n'était pas à bord de l'avion). Les deux Lucie doivent donc se disputer l'enfant. C'est de Louis que viendra la solution : une sorte de garde partagée, déterminée chaque début de semaine par un lancer de dés, qui déterminera les jours où l'enfant reste chez Lucie March ou Lucie June.

Victør March s'étant donné la mort entre mars et juin 2021, Victør June ne peut pas rencontrer son double. Il se rend sur la falaise d'où a sauté ce dernier. Cette mort, Victør March l'avait annoncée dans son dernier roman, *L'anomalie*, écrit en un mois à la suite du vol Air France 006. Le vol, semble-t-il, a eu sur lui un effet dévastateur. Ce roman posthume a eu un succès sans précédent dans la carrière de Victør. Le destin tragique de l'auteur et le fait qu'il était dans l'avion n'y sont pas étrangers. Victør June jouira alors de ce succès.

Quelques jours après les rencontres des doubles entre eux, l'affaire est désormais connue du grand public. Lors d'une émission télévisée (le « Late Show with Stephen Colbert ») sont conviées les deux versions (March et June) d'une passagère du vol. Pendant l'émission, une manifestation a lieu en dehors du studio. Des fanatiques religieux se sont regroupés pour exprimer leur colère avec violence : selon eux, les doubles sont des créatures sataniques. À la fin du *show*, quand les deux doubles quittent le bâtiment, un fanatique vide le chargeur de son révolver sur la limousine qui les achemine. L'une des deux meurt.

Quelques mois plus tard, un avion est repéré au-dessus de l'Atlantique, avec la même identification (Air France 006), piloté par le même commandant de bord, et avec les mêmes passagers. Le président des États-Unis décide de le détruire en le faisant exploser en vol.

ÉTUDE DES PERSONNAGES

BLAKE

Blake est le premier de la galerie des personnages dépeints dans le livre. C'est aussi le seul qui mènera une trajectoire « directe », en ligne droite, comme une balle atteignant sa cible, sans interagir avec aucun des autres personnages du roman.

C'est un tueur à gages très agile, aux gestes techniques très affutés, assassinant froidement ses victimes. Depuis son enfance, il ne ressent rien. Il semble avoir eu très tôt des dispositions exceptionnelles pour ce métier. C'est par hasard, un soir dans un bar, qu'un homme ivre lui demande s'il accepterait de tuer quelqu'un pour de l'argent. Blake lui répond qu'il connait quelqu'un qui le ferait. S'engage alors pour lui la construction d'une seconde identité, toujours changeante, celle du tueur à gages. Blake, d'ailleurs, est un nom d'emprunt temporaire. En parallèle à cette vie, il se fait appeler Jo, et dirige une entreprise de livraison de plats végétariens. Il est par ailleurs marié avec Flora, avec qui il a deux enfants. L'étanchéité de ses deux vies est totale.

Le 27 juin 2021, Blake June, qui s'est échappé du hangar, retrouve Blake March et, après avoir pris soin de récupérer tous les codes de ses comptes bancaires, l'assassine dans son appartement secret.

VICTØR MIESEL

Victør Miesel, décrit comme un homme au visage an-guleux et au corps long et mince, est un écrivain qui n'a jamais connu le succès de son vivant. Il a fini par accepter cette situation, se contentant d'écrire des ouvrages peu lus. Il vit de traductions de l'anglais, du russe, du polonais. Sentimentalement, il multiplie les échecs.

En mars 2021, il est invité à New York pour recevoir un prix de traduction. Il prend le vol 006 qui affronte la tempête. Après le vol, Miesel est en état de choc. Il ne sort pas de sa chambre d'hôtel pendant deux jours, ne mange pas, ne se douche pas. À son retour en France, toujours en état de choc, il se met à écrire son septième roman, *L'anomalie* (dont le titre est une mise en abime du roman d'Hervé Le Tellier). Le livre sera écrit en un mois, et connaitra un grand succès, pour des raisons exogènes au livre : d'une part, l'auteur y annonce son suicide, qu'il exécutera après avoir envoyé le manuscrit à son éditrice ; d'autre part, quand le public apprendra que l'auteur était dans le vol Air France 006, l'ouvrage deviendra l'objet d'une grande curiosité.

Victør June, moins sombre que son double March, se rendra sur les lieux du suicide, puis décidera d'assumer sa nouvelle identité comme le double de l'auteur de *L'anomalie*.

LUCIE BOGAERT

Petite femme mince à la peau pâle, elle porte de grandes lunettes en écaille. Lucie Bogaert vit à Paris où elle est monteuse au cinéma. Elle travaille avec des acteurs et réalisateurs célèbres.

Lucie est la maitresse d'André, dont elle n'est pas amoureuse. D'une manière générale, elle semble mépriser les relations amoureuses, ne s'attachant pas aux hommes, mais les consommant. Son seul véritable amour, c'est Louis, son fils d'une dizaine d'années.

Elle embarque pour le vol 006 à destination de New York en compagnie d'André, qui doit superviser un chantier. Ils passent 15 jours en touristes dans une ville qu'elle n'aime pas. Après le vol, elle se détache de son amant et finit par rompre avec lui.

Lucie June, quant à elle, s'installe avec André June, avec qui elle décide d'avoir un enfant.

ANDRÉ VANNIER

André Vannier est un grand architecte sexagénaire, qui se sent vieux et a honte de son âge. Il est amoureux de Lucie, qui a l'âge de sa fille. Mais l'affection qu'André ressent pour elle n'est pas réciproque. Elle se met à le mépriser, à l'image du mépris que lui-même éprouve pour son propre corps vieillissant. Il souffre beaucoup de cette asymétrie dans la relation.

André March avertira son double June pour tenter de sauver la relation de son double avec Lucie June. Les deux June s'installeront finalement ensemble, et Lucie tombera enceinte d'André June.

DAVID MARKLE

David Markle est le commandant de bord du vol 006, son avant-dernier avant la retraite. En juin 2021, il est hospitalisé pour un cancer du pancréas en phase 4. Son frère Paul, médecin, l'accompagne de près. David s'en veut d'avoir tardé à faire des examens, qui auraient peut-être pu lui permettre de se soigner à temps. Il est marié avec Jody et a deux enfants.

David June assiste aux funérailles de son double, mais n'échappe pas non plus à la mort provoquée par ce même cancer.

SOPHIA KLEFFMAN

Sophia Kleffman est une petite fille de 7 ans, vive et très curieuse, à l'intelligence extraordinaire, ce qui fait la fierté de sa mère. Elle vit avec ses parents et son frère Liam. Son père, un militaire, homme violent et autoritaire, revient de mission en Afghanistan.

Sophia porte un secret qui sera révélé lors de la confrontation avec son double : elle est abusée sexuellement par son père, qui sera condamné.

Sophia June s'installe avec sa mère et son frère près de Cleveland, et les March à Louisville. Les deux familles acceptent de ne plus jamais tenter de se recontacter.

JOANNA WASSERMAN

Joanna Wasserman est une brillante avocate noire, fille d'un électricien et d'une couturière. Elle travaille pour

Denton & Lovell, un grand cabinet d'avocats, où elle est en charge d'un dossier pour le client Valdeo, une entreprise pharmaceutique. Joanna doit défendre la firme contre des accusations concernant la mise en vente d'un pesticide, l'heptacloran, dont les tests n'ont pas été validés. Ellen, la sœur de Joanna, est malade, et pour survivre doit subir une greffe de foie à plusieurs centaines de milliers de dollars. Joanna accepte de travailler pour Denton & Lovell. Mais si sa principale motivation est de payer le traitement de sa sœur, elle est aussi animée par un fort désir de revanche sur sa condition sociale d'origine.

Joanna March tombe enceinte après avoir pris le vol Air France 006.

Joanna June décide de s'éloigner de son double et de son compagnon pour adopter une nouvelle identité et travailler pour le FBI.

Le personnage de Joanna incarne la lutte des opprimés (en tant que Noire, femme et originaire d'un milieu populaire). Mais elle est une exception (une « anomalie ») dans un système tenu par des hommes, blancs, et pour la plupart issus de la bourgeoisie. Pour réussir, elle accepte de défendre un client aux valeurs éthiques douteuses (on pourrait rapprocher le procès de Valdeo des procès contre Monsanto), ce qui complexifie ce personnage, pour qui le lecteur pourrait éprouver une certaine sympathie.

SLIMBOY

Femi Ahmed Kaduna, alias Slimboy, est un chanteur nigérien qui ne connaissait, jusqu'à son titre *Yaba Girls*, qu'une notoriété locale. Mais entre mars et juin 2021 (entre les deux vols Air France 006), ses vidéos connaissent un succès international, et il dépasse le milliard de vues en quelques semaines. C'est dans l'avion, après la turbulence, qu'il écrit le titre *Yaba Girls*, qui le propulse dans la célébrité.

Dans un pays où l'homosexualité est condamnée par la loi (le Nigéria), et où les crimes homophobes sont légion, Slimboy, porté par cette gloire, assume de chanter une chanson en défense des homosexuels. Car l'artiste a une double vie, il aime les hommes, même s'il apparait en public avec Suomi, une star du cinéma nigérien avec qui il a conclu ce pacte de couverture.

Lorsque les deux Slimboy se rencontrent, ils se comprennent aussitôt. Slimboy June adopte alors l'identité de jumeau présumé de Slimboy March, et les deux « frères » créent un duo, les Slimmen.

ADRIAN MILLER

Adrian Miller est un grand mathématicien, avec « un physique à la Ryan Gosling, dans une version dégradée et un peu chauve » (empl. 1162, chapitre « Adrian et Meredith », partie I), et très timide. Son style vestimentaire est celui d'un homme qui ne se soucie pas de son apparence.

Il a passé la plus grande partie de sa vie à faire des probabilités, n'ayant ni femme ni enfants. Lorsqu'il revoit Meredith, c'est sa première émotion amoureuse depuis très longtemps, même s'il la trouvait laide pendant leurs études, qu'ils ont effectuées ensemble.

Après les attentats du 11 septembre 2001, Adrian a travaillé pour le Pentagone, afin d'améliorer la chaine de décisions à prendre en situation de crise. Il élabore un protocole où doivent figurer toutes les situations possibles, même les plus incongrues. L'exemple de la pièce de monnaie jetée est très parlant : il y a pile, il y a face, il y a aussi la maigre possibilité que la pièce tombe sur la tranche ; mais il y a aussi ce cas où la pièce resterait suspendue en l'air : le protocole 42 doit répondre à ce dernier cas. C'est donc le protocole 42 qui est activé suite au vol 006. Pour cette raison, Adrian doit toujours porter un téléphone blindé auquel il doit pouvoir répondre à n'importe quelle heure.

MEREDITH HARPER

Meredith Harper, grande topologiste, est décrite comme ayant des jambes « trop minces », avec des « cheveux bruns trop sages », un nez « trop long » et des yeux « trop noirs ». Dans le physique de Meredith, tout est « trop ».

Originaire de Londres, elle s'ennuie à Princeton, où elle n'aime ni ses étudiants ni ses collègues professeurs. C'est une femme décrite comme laide, qui a un fort penchant pour l'alcool. Attirée par Adrian, c'est elle qui va, de manière un peu brutale, le séduire.

Adrian et Meredith sont des incarnations du cliché visant généralement les mathématiciens : maladroits dans les relations affectives, tournés vers l'abstraction, et très peu soucieux de leur apparence.

CLÉS DE LECTURE

UN ROMAN LUDIQUE

Un genre par personnage

S'inscrivant depuis plus de trente ans dans le groupe de l'OuLiPo, Hervé Le Tellier a écrit de nombreux textes à contraintes. Rappelons qu'une écriture à contrainte est un texte écrit avec un ensemble de règles à respecter. Son livre *Moi et François Mitterrand* en est un exemple.

Dans *Moi et François Mitterrand* (2016), Hervé Le Tellier relate la correspondance entre un personnage portant son nom et François Mitterrand, à l'époque président de la République. Cet échange de lettres sera poursuivi avec les présidents suivants. Ce texte joue sur l'interprétation que le narrateur fait de lettres types perçues comme véritablement adressées à lui.

Si *L'anomalie* n'est pas un roman à contrainte formelle, l'auteur s'est toutefois imposé une contrainte thématique : chaque personnage incarne un genre littéraire spécifique. Les chapitres (chacun étant dédié à un personnage) fonctionnent comme des vignettes de genres littéraires. Le pastiche n'est jamais développé jusqu'au bout, et le tressage des genres empêche que l'un s'impose sur les autres. L'auteur ne se prend jamais au sérieux, gardant toujours une distance avec les genres qu'il imite (« Aucune comédie romantique à l'anglaise n'eût osé plus belle première scène » [empl. 364, chapitre « Lucie », partie I]), et c'est une des forces de ce roman. Citons quelques exemples :

- Blake est un personnage typique de polar : un tueur à gages qui mène une double vie. Dans les chapitres qui sont dédiés à ce personnage, la syntaxe renvoie à la littérature du genre. L'incipit « Tuer quelqu'un, ça compte pour rien », avec l'absence de « ne », renvoie au registre familier, à la langue orale, très présente dans ce type de romans ;

- Sophia, la petite fille de 7 ans, nous met sur la piste du roman d'initiation. La référence avec la Sophie du *Monde de Sophie* est explicite ;

- L'histoire d'Adrian et Meredith est une parodie des comédies romantiques. Le lecteur sait déjà que les deux personnages vont devenir amants, et l'auteur joue sur la manière dont le rapprochement va s'effectuer ;

- La science-fiction est évidemment convoquée. C'est le genre qui chapeaute tout le livre, même si tous les environnements et les lieux sont « réalistes » ;

- Les échanges entre chercheurs et philosophes qui tentent de comprendre la nature du phénomène de dédoublement prennent la forme d'un dialogue philosophique ;

- Les enjeux géopolitiques qui lient la France, les États-Unis, et bientôt la Chine (avec les apparitions parodiées de Donald Trump, Xi Jinping et Emmanuel Macron), fonctionnent comme un pastiche de thriller politique.

En conséquence de cette contrainte, un tressage habile entre les différents genres est nécessaire : la multiplicité des personnages nécessite une arche narrative solide. Le roman est conçu comme une tresse, où les vies s'entrecroisent, certaines entrant en contact avec les autres protagonistes, d'autres, à l'instar de Blake, menant une trajectoire solitaire. Les premières lignes du roman, où l'on suit Blake, peuvent être lues comme le programme de la construction du livre : « Se débrouiller pour que l'univers rétrécisse, rétrécisse jusqu'à se condenser dans le canon du fusil ou la pointe du couteau ». La ligne centrale de la tresse, ce qui rassemble toutes ces trajectoires, c'est le point commun à tous les personnages : le vol Air France 006 et l'enfermement dans le hangar, où les différentes temporalités des personnages vont se rejoindre dans l'attente, dans ce temps qui ne passe pas et dépourvu de sens. En clin d'œil discret aux *Exercices de style* de Queneau, le même évènement est raconté du point de vue de personnages différents.

Une intertextualité riche et détournée

Rappelons que l'intertextualité est l'ensemble des relations entre plusieurs textes (par le biais par exemple de la citation, de l'allusion, etc.). Outre les contraintes explicitées par Hervé Le Tellier, le jeu est présent à chacune des pages du livre. L'intertextualité très riche de ce roman est toujours détournée. Les exemples de références à d'autres œuvres (littéraires, philosophique, musicales ou cinématographiques) sont innombrables. Quelques exemples :

- Le célèbre incipit d'*Anna Karénine* de Tolstoï (« Toutes les familles heureuses se ressemblent, mais chaque famille malheureuse l'est à sa façon ») est détourné en « Tous les vols sereins se ressemblent. Chaque vol turbulent l'est à sa façon » (empl. 531, chapitre « La lessiveuse », partie I) ;

- Les titres des trois parties du roman (« Aussi noir que le ciel », « La vie est un songe dit-on », et « La chanson du néant ») sont des titres de poèmes de Raymond Queneau, le célèbre Oulipien ;

- L'incipit d'*Aurélien*, d'Aragon : « La première fois qu'Aurélien vit Bérénice, il la trouva franchement laide » est repris et détourné dans « La première fois qu'Adrien avait vu Meredith, il l'avait trouvée franchement laide » (empl. 1153, chapitre « Adrian et Meredith », partie I). Et l'auteur d'ajouter, en clin d'œil : « Une telle impression est passagère, les meilleurs auteurs le lui auraient confirmé » ;

- L'allusion au texte *Tentative d'épuisement d'un lieu parisien* de Perec dans la scène où Victør Miesel tente de rendre compte, de manière exhaustive, de tout ce qu'il voit dans le hangar (empl. 2187, chapitre « Table 14 », partie II) ;

- Cet extrait où le philosophe américain transcendantaliste Ralph Waldo Emerson est cité par un avocat sans scrupules qui défend Valdeo, la multinationale ayant commercialisé l'heptacloran : « N'allez pas où le chemin vous mène. Allez là où il n'y a pas encore de chemin et laissez une nouvelle trace » (empl. 838, chapitre « Joanna », partie I). Et l'avocat continue (ce sont ses mots) : « Dans la lutte sans fin pour nourrir l'humanité, nous aurons laissé une trace » (empl. 841, chapitre « Joanna », partie I). La phrase d'Emerson, décontextualisée, prend un sens absolument opposé à celle du philosophe, qui prône une fusion de l'homme avec la nature. Notons aussi que le mot « trace » peut évoquer la trace laissée par l'homme dans la nature, le sentier, mais également le résidu de pesticide dans l'organisme.

Aucun auteur n'écrit à partir de rien. Hervé Le Tellier hérite d'une riche tradition littéraire, et c'est par la convocation de ces nombreuses références, ces clins d'œil à l'histoire littéraire, qu'il parvient à créer ce roman singulier.

Outre la littérature, la référence au cinéma est très présente. Comme l'écrit le narrateur, parlant de Blake, « on n'imagine pas ce que les tueurs à gages doivent aux scénaristes de Hollywood » (empl. 81, chapitre « Blake », partie I). Ici, l'auteur joue du dispositif fictionnel pour évoquer une réalité (les tueurs à gages) qui serait inspirée par la fiction, alors que le texte qu'il écrit est un texte de fiction... La fiction inspire donc la fiction. L'auteur brouille les frontières entre fiction et réalité.

Pour ne citer que celui-ci, *Rencontre du troisième type* est un film cité à plusieurs reprises dans le roman. Le premier film de Spielberg commence avec la découverte de vieux avions de guerre retrouvés en plein désert, qui avaient disparu en 1945, ce qui renvoie au phénomène du vol dédoublé. Un chapitre a même pour nom « Rencontre du deuxième type ».

L'Anomalie, un roman dans le roman

Dès l'épigraphe du livre, la curiosité du lecteur est attisée par une citation d'un certain Victør Miesel (« Le vrai pessimiste sait qu'il est déjà trop tard pour l'être »), tirée d'un livre dont le titre est *L'Anomalie*. Généralement, une épigraphe est une citation tirée d'un livre existant. Mais le livre de Miesel apparaitra rapidement comme un livre fictif. Ceci fonctionne comme une mise en abime du livre que le lecteur réel est en train de lire (car il porte le même titre). La citation de Miesel est suivie d'une autre, de Tchouang-Tseu : « Et moi qui dis que vous rêvez, je suis aussi en rêve ». Cette phrase illustre, d'une part, le procédé littéraire du roman dans le roman, qui brouille les niveaux du récit, et d'autre part, la théorie de la grande simulation, théorie métaphysique selon laquelle tous les êtres de cette planète ne seraient que des êtres virtuels, entités créées par les descendants de « vrais » êtres humains.

Le roman de Miesel joue également avec les niveaux de la diégèse (la diégèse est l'univers spatiotemporel désigné par le récit) : Miesel y décrit sa propre mort (« Et en ce jour où je coule, mes yeux s'ouvrent sur des abysses où n'a cours aucun théorème. » [empl. 940, chapitre « L'affaire Miesel », partie I]). La mort de Miesel, annoncée dans son propre livre (récit enchâssé), vient s'accomplir dans le récit-cadre. La fiction a anticipé la « réalité » (qui n'est qu'une fiction, car Miesel est un personnage de roman).

Mais Le Tellier ne s'arrête pas à ce jeu avec le titre de son roman. Dans les dernières pages, Victør Miesel June termine l'écriture d'un livre qui ressemble en tous points au roman d'Hervé Le Tellier que le lecteur vient de lire (11 personnages, un avion, une divergence, une anomalie, un premier chapitre « pas assez littéraire » qui introduit un personnage de polar – Blake), référence évidente au roman d'Italo Calvino *Si par une nuit d'hiver un voyageur*.

UNE ESTHÉTIQUE DE SÉRIE

Lucie Bogaert, l'un des personnages du roman, est monteuse au cinéma. Son travail consiste à assembler les scènes tournées pendant un film. Le montage est considéré comme une seconde écriture, il permet de mettre en tension les différentes séquences et scènes. C'est lui qui donne le rythme.

À plusieurs égards, *L'anomalie* est un roman qui emprunte à l'esthétique cinématographique :

- D'abord, les décors : en peu d'images et peu de phrases, ils sont très caractérisés. Les indications de ville et de date en début de chaque chapitre situent les scènes très précisément. Le lecteur n'a plus qu'à se laisser guider par les quelques indications de décor pour se construire une représentation mentale très visuelle ;

- Les personnages sont, quant à eux, très incarnés. Quelques détails singuliers et anecdotes bien choisies permettent de camper rapidement les personnages. Adrian, par exemple, a, selon les mots de Meredith, « un physique à la Ryan Gosling, dans une version dégradée et un peu chauve ». La référence au monde du cinéma est évidente ;

- Le découpage des chapitres est très précis et ménage un effet de suspense. On peut le rapprocher du montage d'un film ou d'une série. Chaque chapitre est ponctué par un effet *cliffhanger*, moment où la tension est à son comble (climax), ceci afin de créer une forte attente du lecteur, et la volonté de tourner les pages. Cet effet joue avec la frustration, en attisant le désir de connaitre la suite de l'histoire. Le livre est assumé par son auteur comme un *page-turner* (littéralement : « tourneur de pages »). Par exemple, les treize premiers chapitres de la première partie se ponctuent par une interpellation du personnage par le FBI, laissant le lecteur dans l'attente de comprendre pourquoi.

L'arche narrative du roman

Dans la première partie du livre, les trajectoires des uns et des autres divergent : chacun suit un schéma narratif qui lui est propre. Les pistes ouvertes par leurs différentes situations d'exposition pourraient mener à autant de romans. Mais toutes vont converger suite au vol Air France 006. C'est l'élément perturbateur qui aura des conséquences sur les March et sur les June.

La deuxième partie, composée de neuf chapitres, présente davantage de situations d'interactions (conseil des chercheurs réunis pour tenter de comprendre le phénomène, scènes dans le hangar où très passagers sont retenus, groupe de religieux qui débattent du sens de ce phénomène, etc.).

La troisième partie, composée de treize chapitres, relate, outre quelques évènements en réaction à la situation extraordinaire de dédoublement (parmi lesquels la manifestation d'un groupe d'extrémistes religieux), la rencontre des personnages avec leur double. À ce stade, la narration converge et chaque personnage s'achemine vers sa propre résolution.

La multiplicité et la diversité des personnages, leurs trajectoires singulières et pourtant convergentes, l'intensité du rythme, le suspense, en font un roman qui, à beaucoup d'égards, rappelle la construction des séries.

L'auteur a d'ailleurs signé pour l'adaptation du roman en série.

L'ANOMALIE ET LA PHILOSOPHIE

Le phénomène du dédoublement de l'avion a des conséquences à plusieurs niveaux : sur le plan individuel, il change la vie de chacun des personnages ; sur le plan géopolitique, il engage des tensions entre les grandes puissances ; sur le plan religieux, il aboutit à la croyance que l'apocalypse est arrivée ; sur le plan philosophique, à l'instar de nombreux romans de science-fiction, il suscite des questions métaphysiques vertigineuses. Les questions sur la nature de la réalité y sont nombreuses, et aucune réponse ne semble vraiment être définitive. Comme le dit Jamy, un militaire : « aucun problème ne résiste à une absence de solution » (empl. 2759, chapitre « The people has the right to know », partie II).

Paradigme et anomalie

« Il est une chose admirable qui surpasse toujours la connaissance, l'intelligence, et même le génie, c'est l'incompréhension. » Victør Miesel

En philosophie des sciences, un paradigme désigne un ensemble de convictions partagées par la communauté scientifique mondiale, à une époque donnée. Un paradigme nait « d'une découverte scientifique universellement reconnue qui, pour un temps, fournit à la communauté de chercheurs des problèmes types et des solutions » (KUHN 1970 : p. 11). C'est, par exemple, le géocentrisme, ou l'héliocentrisme. La révolution copernicienne, qui, du 16e au 18e siècle, « déplace » le centre de l'univers, est un changement de paradigme. La Terre est désormais une planète parmi d'autres, tournant autour du Soleil ; elle n'est plus considérée comme le centre de l'univers : on passe alors d'un système géocentrique à un système héliocentrique. Le changement de paradigme se fait graduellement, mais c'est une rupture radicale avec l'ancien mode de pensée.

Comment un changement de paradigme s'opère-t-il ? Un des éléments à l'origine d'une révolution scientifique, toujours selon Kuhn, est l'observation d'anomalies. Une anomalie, c'est une observation qui, d'une manière ou d'une autre, contredit les résultats attendus dans le cadre du paradigme qui gouverne la science de l'époque. La théorie du paradigme doit alors s'ajuster afin que le phénomène « anormal » devienne un phénomène attendu, intégré dans le paradigme. Lorsque trop d'anomalies sont repérées, le paradigme doit être remplacé.

D'une certaine façon, le roman illustre cette conception épistémologique. Le phénomène de l'anomalie (la duplication de l'avion et des passagers) n'est compréhensible par aucun des grands esprits convoqués, qu'ils soient scientifiques, religieux, ou philosophes. Pour le comprendre, peut-être faudra-t-il changer de paradigme. La réaction, à la fin du roman, du président des États-Unis (on reconnait Donald Trump), qui ordonne de détruire un nouveau clone de l'avion, représente la difficulté de l'esprit humain d'intégrer ce qui le dépasse.

L'hypothèse de la grande simulation

Le chapitre consacré aux hypothèses émises par les grands professeurs et prix Nobel aboutit à une dizaine d'hypothèses, dont une semble, selon les protagonistes, la plus probable. Il s'agit de l'hypothèse de la simulation. Cette hypothèse a été élaborée par le philosophe suédois Nick Bostrom. Selon lui, dans le futur, notre civilisation aura atteint un tel niveau de technologie que nous serons capables de simuler des esprits humains, ainsi que des mondes habitables. Les esprits simulés deviendront alors plus nombreux que les êtres biologiques. Appartenir à l'un ou à l'autre deviendra impossible à distinguer, les êtres virtuels se pensant et se sentant comme des êtres biologiques. Selon cette hypothèse, il est donc possible que nous ne soyons que des êtres virtuels élaborés par nos descendants. Nous serions donc déjà dans la simulation.

À propos de cette hypothèse, Hervé Le Tellier dit, dans un entretien sur France Inter du 13 janvier 2021 : « Cela m'ouvrait un champ de réflexion sur le parallélisme entre une hypothèse de notre propre virtualité et le rapport qu'on a dans la littérature avec les personnages. [...] Il y a une sorte de parallélisme entre un monde qui serait virtuel et la virtualité du roman ». On pourrait même aller un peu plus loin : il y a dans le roman de Le Tellier un brouillage des frontières entre fiction et réalité, entre personnages et êtres de chair et d'os : les personnages du roman, en questionnant la réalité de leur « existence », se fondent sur le présupposé qu'ils existent vraiment, comme nous, êtres humains, sommes persuadés de l'être aussi. En réalité, ils sont des êtres de papier. La mise en abime de ce questionnement philosophique constitue donc une autre modalité du jeu dans le roman.

PISTES DE RÉFLEXION

QUELQUES QUESTIONS POUR APPROFONDIR SA RÉFLEXION...

- Chaque chapitre commence par le lieu et la date de l'action. Quel est l'effet de ces indications ? Dans quel but l'auteur les a-t-il précisées ?

- La dernière page est en forme de calligramme. Comment interpréter ce choix de l'auteur ?

- À plusieurs reprises, tout au long du roman, le narrateur intervient. Relevez quelques exemples et commentez-en l'effet.

- En quoi le roman peut-il être rapproché du genre de la science-fiction ? Quels sont les éléments qui permettent d'effectuer ce rapprochement ? En quoi l'auteur joue-t-il avec les codes du genre ?

- Comment l'auteur s'y prend-il pour introduire les personnages dans le roman ? Quel est l'effet de ce procédé ?

- Comment la confrontation des personnages à leur double permet-elle de dévoiler des aspects intimes ? Qu'apprend-on au sujet des différents personnages ?

- Identifiez les stéréotypes relatifs au genre du polar.

- Dans le chapitre « Table 14 », le narrateur questionne l'héritage littéraire de Victør Miesel : « Pourquoi ne s'affranchit-il jamais des influences, des figures tutélaires ? » En quoi cette phrase constitue-t-elle une mise en abime du roman ?

POUR ALLER PLUS LOIN

ÉDITION DE RÉFÉRENCE

- LE TELLIER H., *L'anomalie*, Paris, Gallimard, 2020 (édition électronique).

ÉTUDES DE RÉFÉRENCE

- KUHN T., *La structure des révolutions scientifiques*, Paris, Flammarion, 1970.

- « Secrets de Goncourt avec Hervé Le Tellier, l'auteur de "L'Anomalie" » (2021), in *www.franceinter.fr*, consulté le 08/09/2021. URL : https://www.franceinter.fr/culture/secrets-de-goncourt-avec-herve-le-tellier-l-auteur-de-l-anomalie.

- BOSTROM M., « Are We living in a computer simulation? », in *Philosophical Quarterly*, Vol. 53 (n° 211), 2003 : pp. 243-255.

Votre avis nous intéresse !
Laissez un commentaire sur le site de votre librairie en ligne
et partagez vos coups de cœur sur les réseaux sociaux !

lePetitLittéraire.fr

- un résumé complet de l'intrigue ;
- une étude des personnages principaux ;
- une analyse des thématiques principales ;
- une dizaine de pistes de réflexion.

**Retrouvez
notre offre complète sur
lePetitLittéraire.fr**

L'éditeur veille à la fiabilité des informations publiées,
 lesquelles ne pourraient toutefois engager sa responsabilité.

www.lepetitlitteraire.fr

ISBN version numérique : 9782808023290
ISBN version papier : 9782808023306
Dépôt légal : D/2021/12603/5

Conception numérique : Primento,
le partenaire numérique des éditeurs.